マヤコフスキー

人間

小笠原豊樹　訳

佐々木幹郎　序文

JN171231

土曜社

Лилик

Пишу тебе сейчас потому что при Коле я не мог тебе ответить. Я должен тебе написать это сейчас же, чтоб моя радость не помешала бы мне дальше вообще что либо понимать

Твое письмо дает мне надежды на которые я ни в каком случае не смею рассчитывать, и рассчитывать не хочу, так как всякий расчет построенный на старом твоем отношении ко мне — не верен. Новое же отношение ко мне может создаться только после того как ты теперешнего меня узнаешь.

Мои письмишки к тебе тоже не должны и не могут браться тобой в расчет — т. к. я должен и могу иметь какие-бы то ни было решения о нашей жизни (если такая будет) только к 28-му. Это абсолютно верно — т. к. если б я имел право и возможность решить что нибудь окончательно о жизни сию минуту, если б я мог в твоих глазах ручаться за правильность — ты спросила бы меня сегодня и сегодня же дала б ответ. И уже через минуту я был бы счастливым человеком.

Если у меня уничтожится эта мысль я потеряю всякую силу и всю веру в необходимость перенести весь мой ужас.

Я с мальчишеским, лирическим бешенством ухватился за твое письмо.

Но ты должна знать что ты познакомишься 28 с совершенно новым для тебя человеком. Все что будет между тобою и им начнет слагаться не из прошедших теорий а из поступков с 28 февраля, из „дел" твоих

マヤコフスキー

小笠原豊樹　訳

佐々木幹郎　序文

人間

土曜社刊

Владимир Маяковский

Человек

Published with the support of
the Institute for Literary Translation, Russia

ИНСТИТУТ ПЕРЕВОДА

AD VERBUM

マヤコフスキーという怪物

佐々木幹郎

質問14　どんな状況の下で、もっとも強い恐怖を味わうと思いますか？
岩田　足が地についていないとき。
（谷川俊太郎「岩田宏さんへの33の質問」、初出「shellback」第二号、一九七四）

翻訳家・小笠原豊樹は、かつては詩人・岩田宏として活躍していた。わたしにとっては、名文で名高い翻訳家・小笠原豊樹よりも、詩人としての岩田宏のほうが近しい。

一九七〇年代の初期に「shellback」という詩の同人誌

があった。同人は川崎洋、山本太郎、岩田宏、そして第二号から谷川俊太郎が参加。ガリ版刷りの詩の同人誌をやりたいと川崎洋が言い出して始まったのだという。一九七三年に創刊号、翌年に第二号を出しただけで終わったらしい。その同人誌二冊を、二〇一五年二月十二日、東京の山の上ホテルで開かれた「小笠原豊樹＝岩田宏さん　お別れの会」で、谷川俊太郎さんに見せていただいた。岩田宏＝小笠原豊樹（とあえて、ここでわたしは、岩田宏の名を小笠原豊樹の名より先にする）が、前年の十二月二日に八十二歳で亡くなってから、ほぼ二カ月後のことだった。谷川さんと岩田さんは同い年だ。

「shellback」は「老練な水夫」や「船で赤道を越えた人」の意。「岩田宏が命名したんだよ」と谷川さんは言った。さすが岩田宏らしい、しゃれた命名だと、初めて実物の雑誌を見て感嘆した。プリントされた本文の文字は経年変化でかすれ、読みにくくなっていた。ガリ版を切ったのは川崎洋だろうか。決して上手いとは言えない文字。あまり鉄筆での筆耕には慣れていなかったようだ。

この頃、すでにガリ版印刷の時代は過ぎようとしていた。それなのに、詩の雑誌の初期に戻ろうとして、時代遅れのガリ版で同人誌をやろうとした当時四十代初めの詩の巧者たちの意気込みは何だったのだろう。そのかつての初々しい息吹に、わたしは雑誌の表紙を何度も触りながら、秘かにたじろいだ。

冒頭に引用した「岩田宏さんへの33の質問」は、第二号に掲載されている。雑誌の後書きによると、一九七三年十二月二十八日に北鎌倉で同人たちの忘年会があって、その席上、酒が出るまでの間、谷川俊太郎が「33の質問」を書いた紙を全員に配ったらしい。岩田宏はすべての質問に何の逡巡もなく、十分間ほどで答えを書いたという。

わたしが興味深かったのは、「もっとも強い恐怖を味わう」のはどんな状況のときか、という質問に対して、「足が地についていないとき」と答えた岩田宏である。いかにも岩田さんらしい。詩を書いているときだけではなく、マヤコフスキーを訳しているときも、プレヴェールを訳しているときも、レイ・ブラッドベリを訳しているときも、岩田宏＝小笠原豊樹にとって、その日本語は地に足が着いている。どんなに飛躍したリズム、突飛なイメージの詩句や比喩があっても、その言葉には、必ず素足でたどることができる日常感覚が張りついている。「学生がきらいだ」で始まる岩田宏の詩「感情的な唄」に、こんな一節がある。

「こたつやぐらが／井戸が旗が会議がきらいだ／邦文タイプとワニスと鉄筆／ホチキスとホステスとホールダー／楷書と会社と掃除と草書みんなきらいだ／脱糞と脱税と駝鳥と駄菓子と打楽器／背の低い煙草屋の主人とその

妻みんな好きだ／バス停留場が好きだ好きだ好きだ／元特高の／古本屋が好きだ着流しの批評家はきらいだ」

（詩集『頭脳の戦争』所収、一九六二）

半世紀前の日本人の生活を彷彿とさせるような日常の小道具が次々と出てくる。それを「感情的」に好きと嫌いで俊敏に分類する作者がいる。言葉遊びが強引にそれをさせ、その隙間に差し挟まれる同時代への鋭い批評。ああ、こんなふうに簡単に好きなものと嫌いなものとを言い立てることで詩が成立するなら、誰でも詩は書ける、と思わせるところが岩田宏の凄い技であって、いざ書こうとすると誰もが失敗するだろう。ここにある詩の言葉のリズムとイメージの連鎖は、岩田宏でしか成立しようがないのだ。

実はわたしは詩を書き始めた高校生のとき、岩田宏を真似て自分なりの感情的な唄を作ってみようとしたことがあった。しかし、何度やっても、ことごとく失敗した。本気で好き嫌いを言っているうちに、そんなことを言う自分が嫌いになってくるのだ。ところが、岩田宏の詩はそうはならない。なぜか。この詩の最後を読むといい。

「猿や豚は好きだ／指も。」

うーむ。「指も」の一句で、まさか、ここにたどり着くとは、という驚きとともに、詩の全体が限りないユーモアに包まれてあることに気がつくのだ。そして人間に対する（しかも愚かしい人間に対する）愛情が溢れている。

どこからこの世界はやってきたのか。日本の近代詩で言えば、わずかに小熊秀雄（一九〇一～一九四〇）を想起させられる。そう言えば、岩田宏は『小熊秀雄詩集』（岩波文庫、一九八二）の編者でもあった。さもありなん。それにしても、戦後詩のなかでは、どこにも類型がないのである。では、どこから？

マヤコフスキー。そうだ。マヤコフスキーが岩田宏にもたらしたこの世への諧謔精神と果てしないユーモア、疾風怒濤のような詩のリズムこそが、原動力であったとしか考えられない。その声はつねに傲慢なふりをしながら、実に繊細な内面を持つのだ。

「ああ、喉は／ないか、／このとどろきに／（町よりも声高く）／とどろきわたる喉は。」

（小笠原豊樹訳／マヤコフスキー『人間』のうち、「マヤコフスキー帰還」）

わたしが岩田宏さんに初めて会ったのは二十代の初めの頃で、詩人たちのパーティ会場でだった。詩人の誰かの授賞式だったのだろう。関西から上京してきたばかりのわたしは、そこでは最も若く、知り合いが一人もいなかった。会場の片隅で、年上の詩人たちを眺めていた。第一詩集を出したばかりの頃だった。

突然、岩田さんがわたしを見つけてやって来た。そして、わたしの横の椅子に坐り、ガラパゴス諸島に出かけた旅の話をしてくださった。船で島へ近づくにつれて、ドイツ人やフランス人やアメリカ人が口々にお国柄を表す話をし出したことを、面白おかしく声色を真似て。わたしは笑い転げた。何という優しい人だろうと思った。「あのとき、きみはあまりにも暗かったから、笑わせてあげようと思って」と、後年、岩田さんはわたしにおっしゃった。二〇一四年五月初旬のことだ。岩田さんが入院される直前のことである。わたしはその日、マヤコフスキー叢書のための序文の打ち合わせで、土曜社編集部の豊田剛さんに連れられて、初めて大森の岩田さんのご自宅にうかがったのだった。その日、岩田さんは叢書のなかで、長篇詩『人間』の巻に序文を書くように、と選んでくださった。

実はわたしも大森に住んでいる。岩田さんのご自宅のすぐ近くなのである。毎日のように、その前の道路を通って大森駅まで歩いている。にもかかわらず、お会いする機会はなかった。何度か岩田さんのご自宅を探したことがあったのだが、どうしても見つからなかった。マンションの部屋番号を、地番だと勘違いしていたのだ。

その話をすると、岩田さんは、わたしが大森に引っ越してきたことを知ったとき、御夫婦で散歩がてら、わたしのアパートを探し当てたとおっしゃった。「赤い鉄の扉のある家でしょう」。その通り。何という、すれ違いだったことだろう。その夜はワインをいただいて遅くまで歓談したが、それが生前の岩田さんがお酒を飲んだ最後になった。

あの夜、岩田さんに告げるのを忘れたことがある。わたしの第一詩集は『死者の鞭』（一九七〇）というタイトルだが、その表題作は友人の死を追悼したものだ。そのなかに、こんな詩句がある。

「存在の路上を割り走り投げ／声をかぎりに／橋を渡れ／橋を渡れ」

マヤコフスキーの詩を知っている人なら、すぐに気がつくだろう。ここでの「声をかぎりに」という詩句は、小笠原豊樹訳／マヤコフスキー「声を限りに―長詩の第一導入部」（『マヤコフスキー選集』第三巻所収、一九五八）からいただいたのである。岩田宏さんには、わたしが詩人となった最初から恩義がある。

人間

世界の聖務執行者、なべての罪を赦す者——太陽のてのひらは、わが頭上にあり。
この上なく敬虔なる修道尼——夜の法衣は、わが肩にかかれり。
わが恋の日々の千頁の福音書に、われくちづけす。

鳴りひびく痛みに恋の赦しを祈り、
心底では
別の示威行進を期待しながら、
ぼくは聴く、

大地よ、きみの声を。
「今こそ赦されたり！」

夜の方舟のなか、
現代のノア、
ぼくは待つ――
憎服の氾濫のなかを
今こそ人びとがくる、
ぼくのうしろについてきて
大地の結び目を断ち切る、
あけぼのの斧で。
よろしい！
あけぼのが来た。
服を脱いだ。
到る所に光！
光はひっかく。

蝶番が頼りない唄を歌い、
平日《ウイーク・デイ》がそっと入ってくる、
その雑踏を殻にかぶって。

ふたたび太陽。

太陽は火の将軍たちを呼ぶ。
あけぼのが太鼓をたたき、
きみたちは、あそこへ、
大地の汚物の彼方へ！
太陽よ！
どうした、
自分の
布告人を
忘れる気か？

マヤコフスキー誕生

同時代人どもにそそのかされて、おろかな歴史学者たちは勝手に書くがいい、「高名の詩人の一生は退屈かつ平凡であった」と。

わかってるさ、
地獄にあえぐ
罪人《つみびと》たちは
ぼくの名を呼ばないだろう。
法王たちの拍手喝采につれて
ぼくの幕はゴルゴタに下りないだろう。
だからこそぼくは
レートニー公園に
朝のコーヒーを飲みに行くんだ。

ぼくのベツレヘムの空には
どんな星《しるし》もかがやかなかったし、
ちぢれっ毛の博士たちが
墓のように眠るのを
だれも邪魔しなかった。
ほかの日と全くおなじだった、
（ヘドが出るほどおなじだった）
ぼくがきみらに天降《あまくだ》った
その日は。
そして気をきかして
それとなく教えるやつは一人もいなかった、
遠くない
かすかではない星に、
「お星さん、
ただ光ってるだけじゃなさけない！
人間の

誕生の日でなけりゃ、
ばかやろ、
ほかに
何の日を
祝おうってんだい?!」とね。

考えてもみてくれ。
人のことばを話す魚を
網の糸にひっかけて、
ぼくらは歌う、
きんいろの
魚の勇気をほめたたえる。
それならば
ぼくはぼくを歌わないわけにいかない、
ぼくの全身が
不思議の極地なら、

ぼくの動作の一つ一つが
巨大な
説明不可能な奇蹟なら。

両側へまわってみてくれ。
どちらの側でも
五本の光線におどろくだろう。
名づけて「手」という。
美しい二本の手!
いいかね、
右から左へ動かせる、
左から右にも。
いいかね、
いちばんきれいな
頸をえらんで、
そのまわりに巻きつけられる。

頭蓋骨の手箱をあけてみてくれ、
たちまちきらめくのは
実に貴重な脳味噌だ。
果してぼくに
できないことがあるだろうか！
おのぞみなら
新しい
動物を考案しようか。
そいつを歩かせよう、
尻尾二本で、
足三本で。
ぼくにキスした人は
言うだろう、
あの涎《よだれ》より甘い汁が
果してほかにあるだろうかと。

ぼくの口中にひそむのは
美しい
赤い舌。
「おおい」と叫べば、
唄は高く、高く。
「**おおい**」と叫べば、
声は
詩人の狩の鷹、
やわらかに下流《しも》までとどくだろう。
とても全部は数えきれない！
さらに
冬を
夏に、
水を酒に変える力をもつのは、
ぼくの
チョッキの羊毛の下で

悸《う》ってる
まことに異様な一塊のもの。
右に打てば、右では結婚式。
左にどすんと打てば、蜃気楼がふるえる。
ぼくはこのうえ誰を
愛するために敷きつめればいい。
よっぱらって
横になるのは誰だ、
夜で仮装して。

洗濯屋。
洗濯女たち。
たくさん、ぬれてる。
シャボン玉でも楽しむか。
ごらん、
消えてゆく、百本足のハムが！

あれは何者？
空とあけぼののむすめたちか？

パン屋。
パン屋の小僧。
パンは焼き上った。
パン屋の小僧とは何？
メリケン粉だらけの零《ゼロ》。
すると出しぬけに
パンの
バイオリンそっくりの首が折れまがる。
演奏だ。
みんな小僧に惚れる。

靴屋。
靴屋のおやじ。

ろくでなし、乞食。
長靴に
妙ちきりんな
革を張る仕事。
ふと見ると、
長靴の脛がいちどきにハープに変る。
おやじは王冠をいただく。
おやじは王子だ。
愉快で、すばしこい。

これはぼくが
心を旗にかかげたところだ。
前代未聞、二十世紀の奇蹟！
するど巡礼たちは神様の棺桶から引揚げた。
古き都メッカに回教徒たちはいなくなった。

マヤコフスキーの生涯

怒号にふるえた、銀行家の、貴族の、総督の巣が。
鎧兜が
出てきた、
ちりんと金《きん》を鳴らしながら。

「もしも心がすべてなら、
なんになる、
一体なんになる、
いとしいお金《あし》、わしがお前を貯めたのは。
なぜしゃあしゃあと唄を歌う、
誰に許可を得た？
誰がひるまに七月めけと命令を出した？

空を電線に閉じこめろ！
大地を道路で縛れ！
『手』などと
貴様いばったな?!
銃をとれ！
夏の日に撫でてもらったな？
それなら貴様
（全身！）
とげとげになれ、ハリネズミのように。
舌にはゴシップを吐きかけろ！」

この世の家畜小屋に追いこまれ、
日々の軛《くびき》を牽くぼく。
脳髄には
「法律」が
馬乗り、

心臓には
「宗教」の鎖。

生涯の半ばが過ぎた、もう逃れられない。
千の目をもつ看守、街燈、街燈、街燈……
ぼくは囚人。
誰もぼくの保釈金を払ってくれない!
罰あたりの大地が鎖をつなぐ。
ぼくならぼくの愛を抵当《かた》にすべての人の保釈金を支払い
軒なみにぼくの愛の大海原を配って歩こうものを!

ぼくは叫ぶ……
すると、ほら!
鍵の音!
牢番のしかめつら。
光線の刃《やいば》にのせて

投げてよこす、
腐った肉の一片を。

笑い上戸の
「ざまあみろ！」を伴奏に
ぼくはふらつく、うわごとのなか、熱気の。
とどろきわたるのは
足にゆわえつけられた
鉄丸、地球だ。

黄金《きん》が鍵で閉じこめたのは
目。
誰がめくらの手を引いてくれよう。
今やぼくは
永遠に
監禁されたのだ、

絵空事の物語のなかに！

雄大な構想なんて軛は投げすてろ！
年貢納める呪われた奴の
ミューズの叛乱だ。
孔雀を信じる人たちよ、
（ブレームのでっちあげだ）
バラを信じる人たちよ、
（ひまな植物学者の捏造だ）
ぼくの
一点非のうちどころない地球の描写を
世代から世代へ伝えてくれ。

子午線から、
地図のアーチから突出し、
泡立ち

ひびきわたる金《きん》の巻揚機《ウインチ》、
フランの、
ドルの、
ルーブリの、
クローネの、
円の、
マルクの。

沈んでゆく、天才が、鶏が、馬が、ヴァイオリンが。
沈んでゆく、象が。
くだらんものが沈んでゆく。
喉、
鼻の孔、
耳のなかに、そのねばつく響き。
「助けてくれ！」
高価な呻き声には行きどころがない。

まんなかには
完璧に縁《ふち》どりされて
れっきとした花咲く敷物の島。
ここに
住むのは
万物の支配者だ――
ぼくと競う奴、
あなどりがたい敵だ。
そいつのきゃしゃな靴下には優美な豆模様。
やさ男ふうのズボンにはすばらしい縞模様。
ネクタイは
呆れるほど色とりどりで、
でかい頸から
地球儀のヘソあたりまでとどく。

まわりでは死んでゆく。
だが、空につきさしたドリルのように、
かの王の、
閣下の名誉をたたえる声々。
ブラアアヴォ！
エヴィヴァ！
ばんざい！
ウラア！
ホッホ！
ヒップ・ヒップ！
ヴィーヴ！
オサンナ！
大勢の予言者どもは雷鳴に罰せられる。
おろかな連中！
あの方は

ロックを読んでいらっしゃるんだよ！
気に入ってる。
笑い声で
腹が
がちゃがちゃ鳴ってる。
垂した鎖が稲妻のようにきらめく。
ぼくら
古代ギリシャ人の仕事の前に
ものも言えずに突っ立って
「誰が、
どこで、
いつ？」
などと考えるが、
こりゃあ
あの男が
死んだフェイディアスに命令したんだ、

「朕は欲しいぞ、
大理石づくりの
美女を」

午後四時になると
すばらしい結論、
「奴隷どもよ、
朕はふたたび食事したいぞ！」
すると神が
（この男の器用な料理人《コック》だ）
粘土で
キジ肉をつくる。
奴は牝を愛撫し終ると、
背のびをして、
「欲しいか、
あの星の群のなかの、いちばん高価な星を？」

すると早速
奴のために
ガリレオたちの一団が
望遠鏡ごしに星々のあいだを這いまわる。

革命は時折ゆるがす、王国の胴体を、
人間の群を追う牧夫を取り換える、
だが貴様、
王冠をかぶらぬ奴、人間の心の所有者、
貴様にはどんな叛乱も触れられない！

マヤコフスキーの情熱

きこえるか？
きこえるか、馬のいななきが？

きこえるか?
きこえるか、自動車の号泣が?
これは行進だ、
行進してゆく、都会の人たちが
あの男の財産を身代金として自由をあがないに。
人間の氾濫。
人ごみに割りこんだ、
感傷的でぐうたらなぼく。
馬のくつわを摑む。
とらえる、
ズボンを、スカートを。

なんてこった。
きみじゃないか。
きみもあそこへ引かれてゆくのか!
信心にかこつけて嘘つきになったのか!

女郎屋の門口の赤いともしびのように
まっかに
充血した両眼。

きみがなぜ?
待ってくれ!
もっと甘いよろこびがあるんだ!
かたくなに睫毛の林が伏せられた。
待ってくれ!
もう行ってしまった……

あそこ、頭また頭の上にそびえ立つ、**あの男。**

頭蓋骨が光っている。
靴みたいにきれいに。
毛のないあたま、

ぴかぴか輝いている。
ただ
薬指の
いちばん端の指骨に
三つの宝石――
その下から
にょっきり突き出たこまかい毛。

見える、女が近寄って行った。
あの手に身をかがめた。
くちびるを毛に近づけて
くちびるが宝石の上でささやく、
一つは「フルート」と呼ばれ、
もう一つは「雲」と呼ばれ、
第三の宝石は、たった今
ぼくが創った

何やらの名前の
不可思議な光を放ち。

マヤコフスキー昇天

ぼくはたかが詩人さ。こどもたちには教えるがいい、「ハヤガネ草の上に陽は昇る」と。恋の臥所《ふしど》の、**あの男**の髪の毛のむこうに、ぼくの恋人の頭。

両眼で彼女は高く高く矢を舞い上らせた。
きみのほほえみは片付けてくれ!
ぼくの心臓は射撃に走るし、
喉は剃刀を夢みるんだ。
ぼくのさびしさは大きくなって
悪魔についての埒もないうわごととなる。
うわごとはぼくのうしろについてきて、

水に招き、
屋根の斜面に連れてゆく。
あたりは雪だ。
雪の襲撃。
道は曲りくねったり、ふっつり途切れたり。
そして氷の上に
（ふたたび！）
倒れるのは
凍ったエメラルド。
こころがふるえる。
氷のあいだに彼女、
彼女は氷から出られない！
だからぼくはいきなり、
魔法にかけられて、
ネヴァ河の岸辺を歩き出す。
一歩踏み出す、

けれどもふたたびおなじ場所。
やにわに駆け出す、
けれどもふたたび無駄な努力。

鼻先に一軒の家がそびえ立った。
窓の氷のむこうに、ぱっくりひらいた、
太鼓腹したあけぼの。

あそこへ！

にゃおん、と猫が啼いた。
燃えながら煤ける
夜のともしび。
ぼくは呼鈴を鳴らす。
薬屋さんを！
薬屋さんを！

足をステッキにして、爪立ちする。

のびて、
もつれた思い、
鹿の
角。
床を
涙で汚しながら、
ぼくの失楽園を祈って、
ぼくは平らになる。

薬屋さん！
薬屋さん！
どこです、
とことんまで
心が淋しさに疲労困憊する場所は？

大自然の限りない大空ですか、
サハラ砂漠のうわごとですか、
きちがいじみた荒地の熱気ですか、
やきもちやきをかくまってくれる所は？
壁のむこうには秘密をひめた壜がいっぱい。
あんたは最高の正義を御存知ですね。
薬屋さん、
連れてって下さい、
魂を
痛みなしに
ひろびろとした所へ。

手を差しのべてきた。

頭蓋骨。

「劇薬」。

十文字の骨と骨。

誰にやる？
ぼくは不死身だ。
あんたの珍客は。
目はめくら、
声は唖、
理性はドアの奥に閉じこめて、
それでもあんたは
（又しても！）
ぼくのなかに見つけたのかい、
劇薬に引き裂かれるものを。

おぼろげな憶測が馬鹿者にも伝わったらしい。
ウィンドウのむこうに野次馬。
髪の毛さかだてて。
すると突然ぼく、

陳列台をかるがると泳ぐ。

天井がひとりでにひらく。


金切声。

どよめき。

「屋根の上に浮いてるよ！」

ぼくは屋根の上に浮いてる。


夕焼の教会。

十字架は燃えさしのよう。

通過！

森の上。

からす一面かあかあ。

通過！


学生さんたちよ！

くだらない、
ぼくらの知ってること、学ぶこと！
物理、化学、天文、みんな嘘っぱち。
現にぼくは
したいと思っただけで
黒雲の上を飛んでるじゃないか。

もうどこへでも行ける！
ぼくは好きな所へ行ける。
煮えくりかえれ、詩人の譚詩《バラード》の泥。
今や歌ってくれ、
歌ってくれ、現代のデモンを、
アメリカ仕立ての背広を着こみ、
黄色い靴を光らした奴を。

天上のマヤコフスキー

ストップ!

黒雲の上に投げ棄てる、
ぼくの荷物、
持ちものと
疲れた体を。

感じは悪くない、 こんな所に来たのは初めてだ。

ぼくはあたりを見まわす。
こんな
つるつるの野っ原、
これがかの有名な天国かい。

調べてみましょう、調べてみましょう！

ぴかり、
ちらり、
きらり、
そしてさらさらと
衣ずれの音――
雲か
さもなくば
体のない人たちが
そうっと滑走したんだ。

「たとえ美人が愛の誓いをたてようと……」

ここで、
天上で、

ヴェルディの音楽を聞こうとは。
雲に割目がある。
のぞくと、
天使たちが歌ってる。
天使の暮しはげんしゅくだよ。
げんしゅくだ。

一人が群をはなれてきて
とても愛想よく
とろんとした静けさを破った。
「いかがですか、
マヤコフスキーさん、
奈落は気に入りましたか」
ぼくはおなじぐらい愛想よく答える。
「結構な奈落ですね。
奈落は極楽ですね！」

初めはじりじりした。
なにしろ
家は一軒もない、
お茶もない、
お茶どきの新聞もない。
だんだん天に住み馴れた。
ときどきほかの人たちと見に行く、
新入りがこないかどうか。
「ああ、あなたも！」
大よろこびで抱きついた。
「今日は、マヤコフスキーさん！」
「今日は、アブラム・ヴァシーリエヴィチさん！
臨終はいかがでした。
大丈夫ですか。
具合はいいですか」

ちょっとした冗談だろ？

ぼくは気に入った。
入口に立つことにした。
知合いが
死んで
ここにあらわれると、
ぼくが案内して、
星座のランプの光で
宇宙の壮大な小道具を見せてやる。

あらゆる現象をつかさどる中央ステーション、
プラグ、レバー、クランクだらけ。
ここの指図だ、
星々がだらんとストップするのも、

ここの指図だ、
すごいスピードで回り出すのも。
「回転を早くしろ」とほかの人たち、
「地球が気絶するほど。
人間どもはなんたるざまだ。
血で血を洗う有様は」
ぼくはみんなの短気を笑ってやる。
「放っときゃいいじゃないですか！
洗ってりゃいいじゃないですか、
知ったこっちゃないですよ！」
ありとあらゆる光線を貯蔵する中央倉庫。
燃えつきた星を放りこんでおく場所だ。
古ぼけた設計図、
（誰が書いたのやら）
不成功に終った最初の鯨の図面だ。

まじめなんだ。
忙しがってる。
雲の繕《つくろ》いをする人、
太陽の炉の温度を上げる人。
何もかも恐ろしく秩序立ち、
しずかで、
上品。
だれもぶらつかない。
ぶらつく体もないんだが。

初めは叱られた。
「ぶらぶら、仕事もしないで！」
ぼくは心のための男さ、
体のない人たちの心なんてどこにある？
ぼくは提案してみた。
「よかったら

雲に
体を
横たえて、
万物を観察しましょうか」

「いや」と返事。「それはここにふさわしくない！」
「そう、ふさわしくないでしょうとも！　でも提案するのはこっちの勝手ですからね」

時の鍛冶屋のふいごが溜息をつくと、
それが
新年の
準備完了。
ここから
とどろきわたり落ちるのは
年のおそろしい地崩れ。

ぼくは週を勘定しない。
ぼくらは
時の枠にはめこまれて、
愛を日々に分割しない、
恋人の名を両替えしない。

ぼくはしずかになった。
月の光の浅瀬に
寝て、
胸のときめきを夢で抑えた。
まるで南の浜辺のよう、
ただもっと唖《おうし》めいて、
ぼくをつらぬき
ずたずたに愛撫しながら
永遠の海が寄せては返す。

マヤコフスキー帰還

一、二、四、八、十六、数千、数億。

いいかげん
起ちあがれ！
まなこを陽に！
いつまで物言わずに寝そべってる気だ？

ぼくは寝呆けてつぶやく。
「なんだい、ごろごろ、やかましい。
ぼくのなかで心みたいに騒ぐ奴は誰だい」

朝、
夜か？

天の白っちゃけた光にはむらがない。

あれはいくつ、
世紀たちはいくつ
すりぬけて行ったろう、
遠くで粉ごなの日々に砕けただろう……
銀河を見ながら
ぼくは思う、
あれはぼくの白髯《はくぜん》が吹っとんだ跡ではあるまいか。

星たちが落ちてゆく。
ぼくは目で追う。
こいつ、
あそこへ、
地球へ行くんだな、すばしこいやつ！

忘れられた嫉みたちが心のなかで目ざめ、
脳髄は
ひまにまかせて
空想をならべる。
「今ごろ
地球は
きっと見ちがえる。
いい香りの春たちは村々にひろがった。
どの街もきっと照明をほどこされて。
ほっぺたの赤い陽気な一家が歌ってる」

さびしさが発生した。
するどく、するどくなる。
黒雲は威風堂々と立ちあがり、
やがて雲が火花を散らしても、
やっぱりぼくの目に浮かぶのは

すぐそこにある
どこかの土地のおもかげ。

緊張して
ぼくはさがす、
ほかの点々のなかに
地球を。

あそこの、あれだ！

ぼくはひとみをこらした。
海は見分けられる、
鷲の啼声に包まれた山々……

ぼくのそばに父。
ちっとも変っていない。

ただ前より耳が遠くなり、
営林署長の制服の
肘のところが
すこし
擦り切れた。

ぼくは焦れる。
おやじも
地球を見つめている。
じいさんにどんな思想がわかるんだい。
おやじは低い声で言う。
「カフカスは
きっと春だな」

体のないやつらの一群、
それはなんというわびしさを

発散させる！
無頼漢《アパッシュ》のにくしみが呻りだした。

とうさん、
ぼくあ退屈だ！
ぼくあ退屈だ、とうさん！
馬鹿な詩人たちを天に呼んで下さい、
星の
勲章をずらりとぶらさげてるあいつら！
太陽！
なんだい、マントをひらひらさせて？
枢機卿きどりかい？
眠そうに光線を吸うのはやめてくれ。
ぼくについてこい！
足がなくたってかまわない、

あんたに汚れるものはないじゃないか⁈
地球のぬかるみじゃオーヴァシューズも役に立たない。

星たち！
いいかげん
地球に
受難の冠を編んでやるのは
よしてくれ！
日没に似た赤いもの。
誰だ、
翼で
地球を光らすのは？
あけぼのか？
止まれ！
ちょうどおいらの道連れだよ。

ぼくは虹づたいに突っ走り、
ほうき星まがいに尻尾をよじる。
なぜ空へ遊びに出かけたんだ。
どんな秘密をぼくは鬟に隠してる。

ぼくは見せているのさ、
宇宙どもに
おそろしいスピードの
軽業を。

宿なしの精神は
もうだいぶ前から
昔の日々を
偲ぶ気持でいっぱいなんだ。
ちっぽけな地球の半球が
見えてきた。
その上に町々。

いろんな声を耳が聞きわける。

羽ばたき百回。

「こんにちは、おばあさん!」
アスファルトでつるり滑った。
起きあがった。

おどろいたか、きみらの力と大ちがいの
天の旅人の力に。

声々。
「ごらん、
きっとペンキ屋さんね、
屋根から落ちてきたもの。

無事でよかった！
楽な商売じゃないわ」

そして又もや
群衆は
仕事の言いなりになって、
やかましい声の一日が流れはじめる。

ああ、喉は
ないか、
このとどろきに
(町よりも声高く)
とどろきわたる喉は。

誰が止められる、街の元気いっぱいの駆足を！
誰が解き放てる、トンネルの坑道を！

誰が阻止できる、
空の煙を
飛行機のように
孔だらけにする煤を！

赤道の斜面に沿って
シカゴから
タンボフを突きぬけ
貨幣《ルーブリ》がころがる。
頸をのばして
みんなが追いかける、
山を
海を
舗道を
体で踏みかためながら。

かれらを率いるのは相変らず
姿を隠したあの禿あたまの男、
地球カンカン踊りの主任教師だ。
あるときは思想のかたち、
あるいは悪魔そっくり、
でなければ雲のうしろで神のように光る。

おしずかに、哲学者のみなさん！
ぼくは知ってる、
（さからわないでくれ）
なぜかれらに命の源《みなもと》が与えられたかを。
それは破くためだ、
それはもみくちゃにするためだ、
ひめくりの一枚一枚を。

かれらを憐れむだと！

かれらはぼくを憐れむか？
かれらは食らった、並木路を、
公園を、
郊外を！
古道具屋か？
見せてください！
短剣を買います。

そしてぼくは甘やかに感じる、
今こそ
復讐の時。

永遠のマヤコフスキー

ぼくはどこへ、

ぼくはなぜ？
百番目の街路、
人間どもの
ざわめく巣箱を
ぼくは走る。

窓々の蜂の巣が眼前を飛んで過ぎる。
七月の窓は重い、
よそよそしい、
いとわしい。

ショーウィンドーと窓のあかりを
町が消す。

疲れて、うつむいた、ぼく。

そしてただ一人
黒雲の死骸から腸《はらわた》をぬくのは
血まみれの夕焼け肉屋。

ぼくはそぞろ歩きする。
まぼろしの橋。
渡りはじめた。
そして恐ろしい胸さわぎに下を見つめる。
立っていた、思い出す。
このきらめきがあったのだ。
こいつは
あの頃
ネヴァ河という名前だった。

ここは町だった。
無意味な町、

煙突の林の煙にまぎれた町だった。
このおなじ町で
まもなく
夜が始まるだろう、
ガラス張りの
白ちゃけた夜が。

七月は破滅だ。
あたためられて夜をなくした。
何やら吹きぬける風の囁きに、うわごとを言いつくした。
霊柩車の十字架が見えるかと思えば、
きこえる、銃声一発。
その響きがしずまって、
ふたたび。

わかってます、

ぼくみたいな奴は
ながいこと
灼熱していられないんだ、
もちろんさ、
でもやっぱりひどいじゃないか。
カンテラやなんかじゃなくて
顔なんだから。
これに似た顔面神経痛がどこにあった。

すると見える、建物の上、
斜面の危険を冒しながら
光のなかをきみが行く、
光を束に集めている。
ぼくは手をのばす、
だが霧のように彼女は遠ざかった。
そしてふたたびぼくは立つ、

啞のように、釘づけのように。
群集はまよなかの遊び人どもに割れた。
ほとんど肌の匂いをぼくは感じ、
ほとんど息づかい、
ほとんど声、
ぼくは幽霊だと思った、
それはいきなり蘇生した。

走って出て来た、
彼女が空気の蠟のなかから。
やっぱり
(彼女だけは!)
行進に身を投じただけじゃなかった。
蘇生した心臓ががたごと重いこと。
ぼくはふたたび地上のくるしみに摑まった。
ばんざい

（又もや！）
ぼくの狂気！

道のまんなかにこんなふうに
街燈が嵌込《はめこ》まれていたっけ。
建物も似ている。
ほら、これもそうだ、
壁のくぼみから突き出た
牝馬の頭の
彫刻。

「そこ行く人！
ここはジュコフスキー通りですね？」

ぼくを見てる、
子供が頭蓋骨でも眺めるように、

こんな大きな目をして、
ぼくを避けようとする。
「ここは数千年来マヤコフスキー通りです。
恋人の住居の戸口でピストル自殺した人です」
誰だって
ぼくが自殺したって？
そんなべらぼうな！
ぴかぴか光るよろこびを、　心臓よ、　鋳《い》てくれ！
窓に
ぼくは飛ぶ。
天国の習慣だ。

高く。
ずんずん上に昇る、
一階また一階。
カーテンがかかってる。

のぞけば、
何もかも変りない、
寝室も昔のまま。

数千年をくぐりぬけて——あんなに若い。
横になってる、
髪を月みたいに輝かせて。
一瞬……
今しがた
月だったものが
つるつるの禿あたまに変った。

見つけたぞ！

今すこし眠らせておけ。
ぼくの手、

短剣をきつく握ってくれよ！
忍び足で近寄り、
のぞきこむ、
するとやっぱり
ぼくは愛してる！
愛と憐れみに
しりごみする。

おはようございます！

電燈がついた。
二つのどんぐりまなこ。
「あなたの名前は？」
「わたしはニコラーエフ、
エンジニアです。
ここはわたしの住居です。

あんたは何者ですか。
なぜ女房につきまとうのかね」

他人の部屋だ。
朝がふるえた。
くちびるの隅をふるわす
知らない女、
すっぱだかの。

走る、ぼくは。

影に裂かれ、
髪を乱した
大男、
ぼくは壁づたいに走る、
月の光をいっぱいに浴びて。

住人たちが走って出てきた、部屋衣の前をかきあわせ。
ぼくは敷石にどすん。
その震動で門番がすっとんだ。
「四十二号室から跳び出して、
いったいどこへ消えたんだろ」
「昔話もそうなんだ、
あの部屋の、
窓からさ。
体と体、
今そっくりに落っこちたとさ」

今さらどこへ！
足の向くまま、
気の向くまま。
野っ原か？
野っ原でもいいさ！

トラ・ラ・ラ、ジン・ザ、
トラ・ラ・ラ、ジン・ザ、
トラ・ラ・ラ・ラ・ラ・ラ・ラ・ラ・ラ・ラ！

光の絞め縄を頸にかけてくれ！
ひっからまるぜ、うだる夏のなかで！
ぼくの上で鳴る
手錠、
恋の数世紀……

すべてがほろびるだろう。
すっからかんになるだろう。
そして人生を
動かす奴は
最後の太陽の
最後の光を一筋、

この遊星のくらやみの上に燃やすだろう。
そしてただ
ぼくの痛みだけ
さらに烈しく——
ぼくは立つ、
炎に巻かれ、
途方もない恋愛の
燃えないかがり火の上に。

最期の唄

広い空間よ、
宿なし男を
ふたたび
そのふところに抱いてくれ！

今ごろ天はどんな様子だ。
星はどんな？
千の教会に似て
ぼくの下から
歌いだし
歌いつづける世界。
「聖者とともに安らけく！」

訳者のメモ

訳者のメモ

革命前にマヤコフスキーは一つの戯曲と四つの長篇詩を書いた。一九一六年から一七年にかけて書かれた四番目の長篇詩『人間』は、革命前のこの詩人の芸術の総決算である。「マヤコフスキー誕生」「マヤコフスキーの生涯」「マヤコフスキーの情熱」「マヤコフスキー昇天」「天上のマヤコフスキー」「マヤコフスキー帰還」「永遠のマヤコフスキー」などという各章の副題から知れる通り、これは詩人が詩人自身を弔う手回しのいい鎮魂曲《レクイエム》なのであった。社会と恋の軛に苦しめられたマヤコフスキーは自殺し、数千年後、復讐のために地上へ舞い戻るが、復讐は果たせず、永遠に放浪しなければならない。この作品で初期のマヤコフスキーの暗い情熱的なペシミズムは最高の音量に達している。

すべてがほろびるだろう。
すっからかんになるだろう。
そして人生を
動かす奴は
最後の太陽の
最後の光を一筋、
この遊星のくらやみの上に燃やすだろう。
そしてただ
ぼくの痛みだけ
さらに烈しく——
ぼくは立つ、
炎に巻かれ、
途方もない恋愛の
燃えないかがり火の上に。

だがこれはシンボリスト詩人たちの不分明な、ひたすら予感におののくような種類のペシミズムではなかった。マヤコフスキーには、悲観的になり、荒々しくなり、自暴自棄になるだけの具体的な理由があったのである。この詩の主人公マヤコフスキーの不倶戴天の敵は〝万物の支配者〟と呼ばれる男で、この男は全地球を支配し、フェイディアスも奴隷もガリレオも実はこの男のためにのみ生きたのだった。

革命は時折ゆるがす、王国の胴体を、
人間の群を追う牧夫を取り換える、
だが貴様、
王冠をかぶらぬ奴、人間の心の所有者、
貴様にはどんな叛乱も触れられない！

マヤコフスキーは人ごみを縫って、恋人を追いかける。おどろいたことに、詩人の恋人もまた群集といっしょに〝万物の支配者〟を拝みに行ったのだった。支配者は毛深い薬指を差し出す。

見える、女が近寄って行った。
あの手に身をかがめた。
くちびるを毛に近づけて
くちびるが宝石の上でささやく、
一つは「フルート」と呼ばれ、
もう一つは「雲」と呼ばれ、
第三の宝石は、たった今
ぼくが創った
何やらの名前の
不可思議な光を放ち。

「フルート」はマヤコフスキーの第二の長詩『背骨のフ

ルート』であり、「雲」は最初の長詩『ズボンをはいた雲』である。つまり、マヤコフスキーは金権の化身のような男に恋人を奪われただけではない、自分の作品までがその男の単なるアクセサリーと化しているのを目撃しなければならないのである。しかもその事実を告発するための作品もまた、生れるや否やアクセサリーの仲間入りをしなければならない(「第三の宝石は、たった今ぼくが創った何やらの名前の……」)。これは悲しいことであった。

孤立や孤独は、ほんとうは詩人にとって決定的な意味をもつものではない。民衆のなかに自分の芸術を支えてくれる基盤があろうとなかろうと、芸術家は仕事をつづけ、周囲の人間はその仕事を受け入れたり受け入れなかったりするだろう。現実的な土台は必ずしも必要ではない。なぜなら芸術は往々にして土台よりも先に本体が生れてしまうという、奇妙に倒立した、精神的な発生過程を経るからである。だが、自分の創り出す作品があとからあとから宝石のように無意味な輝きのなかへ吸いこまれてしまうという実感は、芸術家にとって耐えがたいものである。それは孤独よりも遙かに悪質な痛みであると言わなければならない。孤独は人の目を内側に向けさせ、どちらかといえば肉感的な思考を誘い出しがちであるけれども、この悪質な痛み、すなわち金権制度下の芸術家の苦しみは、むしろ外側の広々とした抽象的な空間、あまりにも広々とした死の空間へ芸術家を連れ去ってしまうのである。

広い空間よ、
宿なし男を
ふたたび
そのふところに抱いてくれ！
今ごろ天はどんな様子だ。

星はどんな?
千の教会に似て
ぼくの下から
歌いだし
歌いつづける世界。
「聖者とともに安らけく!」

長詩『人間』はこんなふうに現実の鎮魂曲《レクイエム》の歌詞を借りて結ばれる。この茫々たる風景は、苦悩を経て一種抽象的になり俯瞰的になったマヤコフスキーの目に映じる世界の終末であった。この世界のなかで詩人は決定的に無力であり、新しい芸術は決定的に疎外されている。だが、それは裏返してみれば古い保守的な芸術の無力と不能であり、それにたいする詩人の攻撃的姿勢なのである。危機の両面は互いに浸透しあい、写真の二重写しのようになる。この矛盾と狂気は、しかし突発的で恐ろしいものではなく、慢性的で馴染みぶかい、ある意味ではなつかしい矛盾であり狂気であった。一九〇五年の挫折した革命の影のなか、数知れぬ抑圧の果てに置かれた人間たちの代表者として、これは一人の詩人が全身で摑みとった情念であり、ほとんど存在の意味そのものなのである。抑圧と圧迫から生れる緊張関係のなかに浸りきって、今にも爆発しそうな緊張それ自体と化してしまうこと。いくらかサド・マゾヒズム的で肉体的なこの感じ方の傾向は、マヤコフスキーの全作品に顕著に現れている。長詩『人間』のなかでも、自殺を決意した主人公は毒薬を差し出す薬屋のおやじにむかって「ぼくは不死身だ」と言うのだった。この詩人はまさしく死刑囚にして死刑執行人、毒薬にして解毒剤という存在であって、その激烈な同化作用——愛は、政治的変革とそれに伴う動乱のなかで強まりこそすれ衰弱する気配は少しもみせなかったのである。

訳者

『マヤコフスキーの愛』（河出書房新社、一九七一）より

著者略歴

Владимир Владимирович Маяковский
ヴラジーミル・マヤコフスキー

ロシア未来派の詩人。1893年、グルジアのバグダジ村に生まれる。1906年、父親が急死し、母親・姉2人とモスクワへ引っ越す。非合法のロシア社会民主労働党（RSDRP）に入党し逮捕3回、のべ11か月間の獄中で詩作を始める。10年釈放、モスクワの美術学校に入学。12年、上級生ダヴィド・ブルリュックらと未来派アンソロジー『社会の趣味を殴る』のマニフェストに参加。13年、戯曲『悲劇ヴラジーミル・マヤコフスキー』を自身の演出・主演で上演。14年、第一次世界大戦が勃発し、義勇兵に志願するも、結局ペトログラード陸軍自動車学校に徴用。戦中に長詩『ズボンをはいた雲』『背骨のフルート』『戦争と世界』『人間』を完成させる。17年の十月革命を熱狂的に支持し、内戦の戦況を伝えるプラカードを多数制作する。24年、レーニン死去をうけ、長篇哀歌『ヴラジーミル・イリイチ・レーニン』を捧ぐ。25年、世界一周の旅に出るも、パリのホテルで旅費を失い、北米を旅し帰国。スターリン政権に失望を深め、『南京虫』『風呂』で全体主義体制を風刺する。30年4月14日、モスクワ市内の仕事部屋で謎の死を遂げる。翌日プラウダ紙が「これでいわゆる《一巻の終り》／愛のボートは粉々だ、くらしと正面衝突して」との「遺書」を掲載した。

訳者略歴

小笠原 豊樹〈おがさわら・とよき〉ロシア文学研究家、翻訳家。1932年、北海道虻田郡東倶知安村ワッカタサップ番外地（現・京極町）に生まれる。51年、東京外国語大学ロシア語学科在学中にマヤコフスキーの作品と出会い、翌52年『マヤコフスキー詩集』を上梓。56年に岩田宏の筆名で第一詩集『独裁』を発表。66年『岩田宏詩集』で歴程賞受賞。71年に『マヤコフスキーの愛』出版。75年、短篇集『最前線』を発表。露・英・仏の3か国語を操り、『ジャック・プレヴェール詩集』、ナボコフ『四重奏・目』、エレンブルグ『トラストDE』、チェーホフ『かわいい女・犬を連れた奥さん』、ザミャーチン『われら』、マルコム・カウリー『八十路から眺めれば』、スコリャーチン『きみの出番だ、同志モーゼル』など翻訳多数。2013年出版の『マヤコフスキー事件』で読売文学賞受賞。14年12月、マヤコフスキーの長詩・戯曲の新訳を進めるなか永眠。享年82歳。

マヤコフスキー叢書
人　間
にんげん

ヴラジーミル・マヤコフスキー 著

小笠原豊樹　訳
佐々木幹郎　序文

2015年4月17日　初版第1刷印刷
2015年5月10日　初版第1刷発行

発行者 豊田剛
発行所 合同会社土曜社
150-0033
東京都渋谷区猿楽町11-20-305
www.doyosha.com

用紙　竹尾
印刷　精興社
製本　加藤製本

A Man
by
Vladimir Mayakovsky

This edition published in Japan
by DOYOSHA in 2015

11-20-305 Sarugaku Shibuya
Tokyo 150-0033 JAPAN

ISBN978-4-907511-11-1　C0098
落丁・乱丁本は交換いたします

土曜社の本

大杉栄ペーパーバック・大杉豊解説・各952円

日本脱出記

1922年、ベルリン国際無政府主義大会の招待状。アインシュタイン博士来日の狂騒のなか、秘密裏に脱出する。有島武郎が金を出す。東京日日、改造社が特ダネを抜く。中国共産党創始者、大韓民国臨時政府の要人たちと上海で会う。得意の語学でパリ歓楽通りに遊ぶ。獄中の白ワインの味。「甘粕事件」まで数カ月。大杉栄38歳、国際連帯への冒険！

自叙伝

「陛下に弓をひいた謀叛人」西郷南洲に肩入れしながら、未来の陸軍元帥を志す一人の腕白少年が、日清・日露の戦役にはさまれた「坂の上の雲」の時代を舞台に、自由を思い、権威に逆らい、生を拡充してゆく。日本自伝文学の三指に数えられる、ビルドゥングスロマンの色濃い青春勉強の記。

獄中記

東京外語大を出て８カ月で入獄するや、看守の目をかすめて、エスペラント語にのめりこむ。英・仏・エス語から独・伊・露・西語へ進み、「一犯一語」とうそぶく。生物学と人類学の大体に通じて、一個の大杉社会学を志す。21歳の初陣から大逆事件の26歳まで、頭の最初からの改造を企てる人間製作の手記。

大杉栄追想

1923年９月、関東大震災直後、戒厳令下の帝都東京。「主義者暴動」の流言が飛び、実行される陸軍の白色テロ。真相究明を求める大川周明ら左右両翼の思想家たち。社屋を失い、山本実彦社長宅に移した「改造」臨時編集部に大正一級の言論人、仇討ちを胸に秘める同志らが寄せる、享年38歳の革命児・大杉栄への胸を打つ鎮魂の書。

＊

傑作生活叢書『坂口恭平のぼうけん』（全７巻刊行中）

21世紀の都市ガイド アルタ・タバカ編『リガ案内』

ミーム『３着の日記　*meme*が旅した*RIGA*』

安倍晋三ほか『世界論』『秩序の喪失』

ブレマーほか『新アジア地政学』

黒田東彦ほか『世界は考える』

ソロスほか『混乱の本質』